AF358230

TABLEAUX

PAR

Félix BARRIAS & Alexandre SEGÉ

VENTE HOTEL DROUOT, SALLE Nº 5

Le Lundi 11 Avril 1881

EXPOSITIONS

PARTICULIÈRE	PUBLIQUE
Le Samedi 9 Avril 1881	Le Dimanche 10 Avril 1881

DE UNE HEURE A CINQ HEURES

COMMISSAIRE-PRISEUR	EXPERT
Mᵉ CHARLES PILLET	M. GEORGES PETIT
10, rue Grange-Batelière.	7, rue Saint-Georges.

CATALOGUE

DE

VINGT-SIX TABLEAUX

Par Félix BARRIAS

ET DE

TRENTE-QUATRE TABLEAUX

Par Alexandre SEGÉ

DONT LA VENTE AURA LIEU

HOTEL DROUOT, SALLE N° 5

Le Lundi 11 Avril 1881

A TROIS HEURES.

Par le ministère de Me **CHARLES PILLET**, commissaire-priseur,
10, rue de la Grange-Batelière,

Assisté de **M. Georges PETIT**, Expert, 7, rue Saint-Georges,

Chez lesquels se trouve le présent Catalogue.

EXPOSITIONS
PARTICULIÈRE : le Samedi 9 Avril 1881,
PUBLIQUE : le Dimanche 10 Avril 1881,
DE UNE HEURE A CINQ HEURES

CONDITIONS DE LA VENTE

Elle sera faite au comptant.

Les acquéreurs payeront en sus des adjudications, *cinq pour cent* applicables aux frais.

Paris. — Typ. Pillet et Dumoulin, rue des Grands-Augustins, 5.

DÉSIGNATION

FÉLIX BARRIAS

1 — Le Puits mitoyen (bonsoir, voisine. —Italie)

Haut., 64 cent.; larg., 40 cent.

2 — Un Santon à Tétouan (Maroc).

Haut., 43 cent.; larg., 35 cent.

3 — La Rue aux Chats (Tlemcen).

Haut., 44 cent.; larg., 28 cent.

4 — Midi.

Haut., 33 cent.; larg., 21 cent.

5 — Avant le Combat (Fonda del Lino, Toledo).

Haut., 32 cent.; larg., 23 cent.

6 — Pêcheurs d'écrevisses (Italie).

Haut., 31 cent.; larg., 23 cent.

7 — La Docte Rika (Juive de Tétouan).

Haut., 31 cent.; larg., 23 cent.

8 — L'Ombrelle.

Haut., 31 cent.; larg., 23 cent.

9 — Sara la Juive (Tétouan).

Haut., 31 cent.; larg., 23 cent.

10 — La Poste aux lettres (Toledo).

Haut., 31 cent.; larg., 23 cent.

11 — Une Rue de Tanger.

Haut., 31 cent.; larg., 23 cent.

12 — Rêveuse (Italie).

Haut., 31 cent.; larg., 23 cent.

13 — Los Amorosos de Sevilla.

Haut., 31 cent.; larg., 23 cent.

14 — Idylle (fond d'or).

Haut., 27 cent.; larg., 13 cent.

15 — Elégie (fond d'or).

Haut., 13 cent.; larg., 13 cent.

16 — Les Deux Sœurs (Tlemcen).

Haut., 23 cent.: larg., 18 cent.

17 — Prison de la Casbah (Tanger).

Haut., 23 cent.; larg., 16 cent.

18 — La Calle de los recoletos (Toledo).

Haut., 23 cent., arg., 18 cent.

19 — Les Œillets (Toledo).

Haut., 23 cent.; larg., 14 cent.

20 — Fiancée Juive (Tétouan).

Haut., 22 cent.; larg., 15 cent.

21 — Femme d'Agha (Tlemcen).

Haut., 22 cent.; larg., 14 cent.

22 — Patio a Sevilla.

Haut., 22 cent.; larg., 11 cent.

23 — Jeune Marchand Juif (Tlemcen).

Haut., 19 cent.; larg., 10 cent.

24 — Nonchalante (Tétouan).

Haut., 18 cent.; larg., 09 cent.

25 — Une Rue de Tétouan.

Haut., 14 cent.; larg., 11 cent.

26 — Fontaine à Tétouan.

Haut., 12 cent.; larg., 09 cent.

ALEXANDRE SEGÉ

27 — Le Bois des Coudreaux (Seine-et-Marne).

Haut., 50 cent.; larg., 75 cent.

28 — La vieille luzerne (Seine-et-Marne).

Haut., 50 cent.: larg., 75 cent.

29 — Un Bois marécageux (le matin).

Haut., 50 cent.; larg., 75 cent.

30 — La Barrière du Château (Clichy-sous-bois).

Haut., 50 cent.: larg., 75 cent.

31 — Les Choux de Bruxelles.

Haut., 30 cent.; larg., 45 cent.

32 — Les Betteraves.

Haut., 30 cent.; larg., 45 cent.

33 — Côtes de Bretagne (Anse de Plurien).

Haut., 30 cent.; larg., 45 cent.

34 — Un Matin de septembre.

Haut., 30 cent.; larg., 45 cent.

35 — Le Village de Courtry.

Haut., 30 cent.; larg., 45 cent.

36 — La Redoute de Vaujours.

Haut., 30 cent.: larg., 45 cent.

37 — Carrière abandonnée.

Haut., 20 cent.; larg., 20 cent.

38 — La Ferme de Courtry.

Haut., 20 cent.; larg., 30 cent.

39 — Marais dans le Perche.

Haut., 20 cent.; larg., 30 cent.

40 — Le Mont-Chevreuil (Oise).

Haut., 20 cent.; larg., 30 cent.

41 — Soleil couchant (Nièvre).

Haut., 20 cent.; larg., 30 cent.

42 — Perros-Guirec (Bretagne).

Haut., 20 cent.: larg., 30 cent.

43 — Tourbières dans la Somme.

Haut., 20 cent.; larg., 30 cent.

44 — Le Vallon de Gagny.

Haut., 20 cent.; larg., 30 cent.

45 — Le Chemin de Montfermeil.

Haut., 20 cent.: larg., 30 cent.

46 — Novembre (bords de l'Oise).

Haut., 20 cent.: larg., 30 cent.

47 — Le Pré fleuri (Coubron).

Haut., 20 cent.; larg., 30 cent.

48 — La Mare de M. Ferney (Coubron).

Haut., 20 cent.; larg., 30 cent.

49 — Le Hameau de Sévigné.

Haut., 13 cent.; larg., 21 cent.

50 — La mauvaise Herbe.

Haut., 13 cent.; larg., 21 cent.

51 — Chartres.

Haut., 13 cent.: larg., 21 cent.

52 — Brume d'octobre.

Haut., 13 cent.; larg., 21 cent.

53 — L'Entrée d'Anet.

Haut., 13 cent.; larg., 21 cent.

54 — Bords de la Marne.

Haut., 13 cent.; larg., 21 cent.

55 — Dans les Prés.

Haut., 13 cent.: larg., 21 cent.

56 — Dans les Bois.

Haut. 13 cent.; larg., 21 cent.

57 — Le Renouveau.

Haut., 13 cent.; larg., 21 cent.

58 — Marais dans le Morvan.

Haut., 13 cent.; larg., 21 cent.

59 — Les Bourgeons.

Haut., 13 cent.; larg., 21 cent.

60 — Orage pour ce soir.

Haut., 13 cent.; larg., 21 cent.

www.ingramcontent.com/pod-product-compliance
Lightning Source LLC
LaVergne TN
LVHW010907180726
843502LV00010B/4009